Noah Fakier

Zeichen Mappe

Männer I

Herstellung und Verlag

BoD- Books on Demand, Norderstedt

ISDN 9783746013299

Eine Fotografie wird von jedem Betrachter unterschiedlich wahrgenommen. Die Basis meiner Zeichnungen sind Fotografien. Wie sie auf mich wirken, wie ich sie aufnehme oder wahrnehmen möchte. Bei Porträts spielt die Liebe zum Menschen und die Ästhetik des menschlichen Körpers eine große Rolle, die ich in meinen Zeichnungen umsetzen will. Sie können diese Blätter vorsichtig, einzeln heraustrennen und in einen einfachen Bilderrahmen stecken. Für sich oder als Geschenk.

Quellennachweis:

Sämtliche Zeichnungen entstanden aus privaten oder lizenzfreien Fotografien mit der schriftlichen Genehmigung, dass ich sie verwenden und veröffentlichen darf. Ähnlichkeiten mit anderen sind rein zufällig.

A photograph is perceived differently by each viewer. The basis of my drawings is photographs. How they affect me, how I want to record or perceive them. In portraits, the love of humans and the aesthetics of the human body play a major role, which I want to translate into my drawings. You can carefully separate these sheets individually and put them in a simple picture frame. For yourself or as a gift.
Reference:
All drawings are from private or royalty-free photographs with written permission to use and publish them. Similarities with others are purely coincidental.

Une photographie est perçue différemment par chaque spectateur. La base de mes dessins sont des photographies. Comment ils me touchent, comment je veux les enregistrer ou les percevoir. Dans les portraits, l'amour des humains et l'esthétique du corps humain jouent un rôle majeur, que je souhaite traduire dans mes dessins. Vous pouvez soigneusement séparer ces feuilles individuellement et les placer dans un simple cadre. Pour vous-même ou en cadeau.
Remerciements:
Tous les dessins proviennent de photographies privées ou libres de droits, avec l'autorisation écrite de les utiliser et de les publier. Les similitudes avec les autres ne sont que pure coïncidence.

Una fotografía es percibida de manera diferente por cada espectador. La base de mis dibujos son las fotografías. Cómo me afectan, cómo los quiero grabar o percibir. En los retratos, el amor a los humanos y la estética del cuerpo humano desempeñan un papel importante, que quiero traducir a mis dibujos. Puede separar cuidadosamente estas hojas individualmente y colocarlas en un marco de imagen simple. Para ti o como regalo.
Agradecimientos:
Todos los dibujos son de fotografías privadas o sin royalties con permiso por escrito para usarlos y publicarlos. Las similitudes con los demás son pura coincidencia.

Naoh Fakier ist Autor von erotischen Liebesgeschichten und illustriert seine Geschichten. Da seine Zeichnungen sich immer größerer Beliebtheit erfreuen, hat er begonnen Zeichen Mappen zu erstellen. In der Mappe" Männer I" bietet er erstmalig seine Zeichnungen einem breiteren Interessentenkreis an.

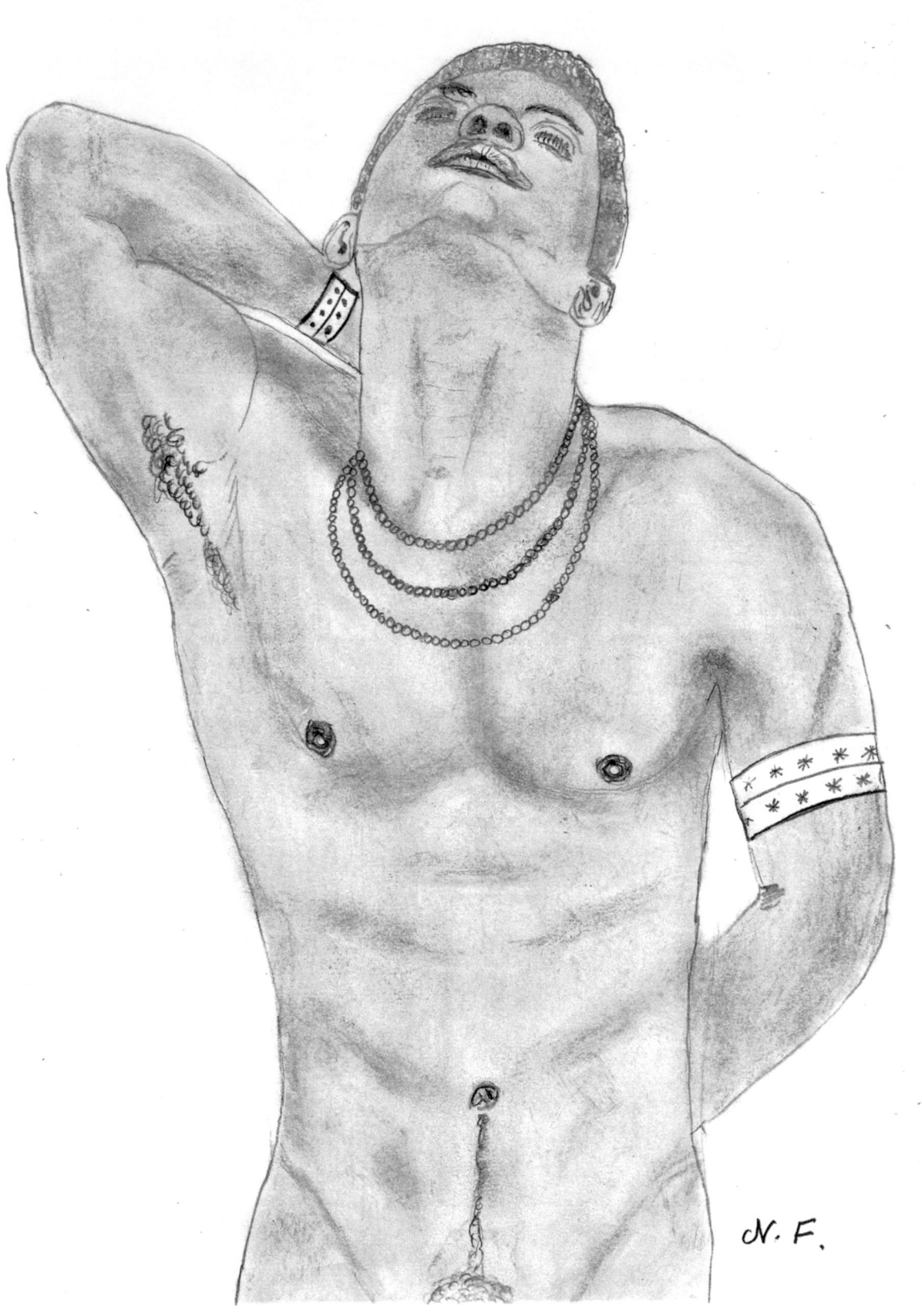

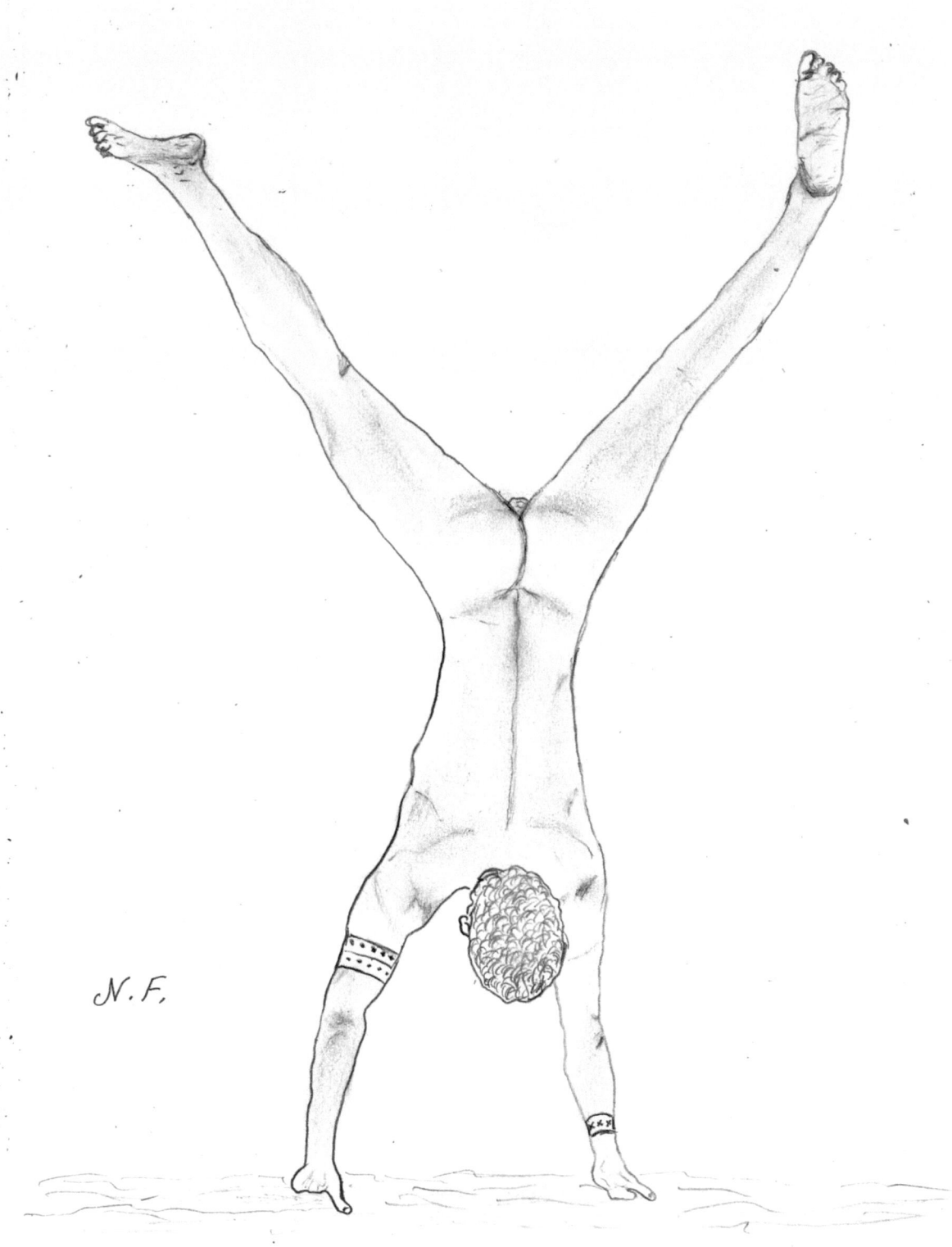

N.F.

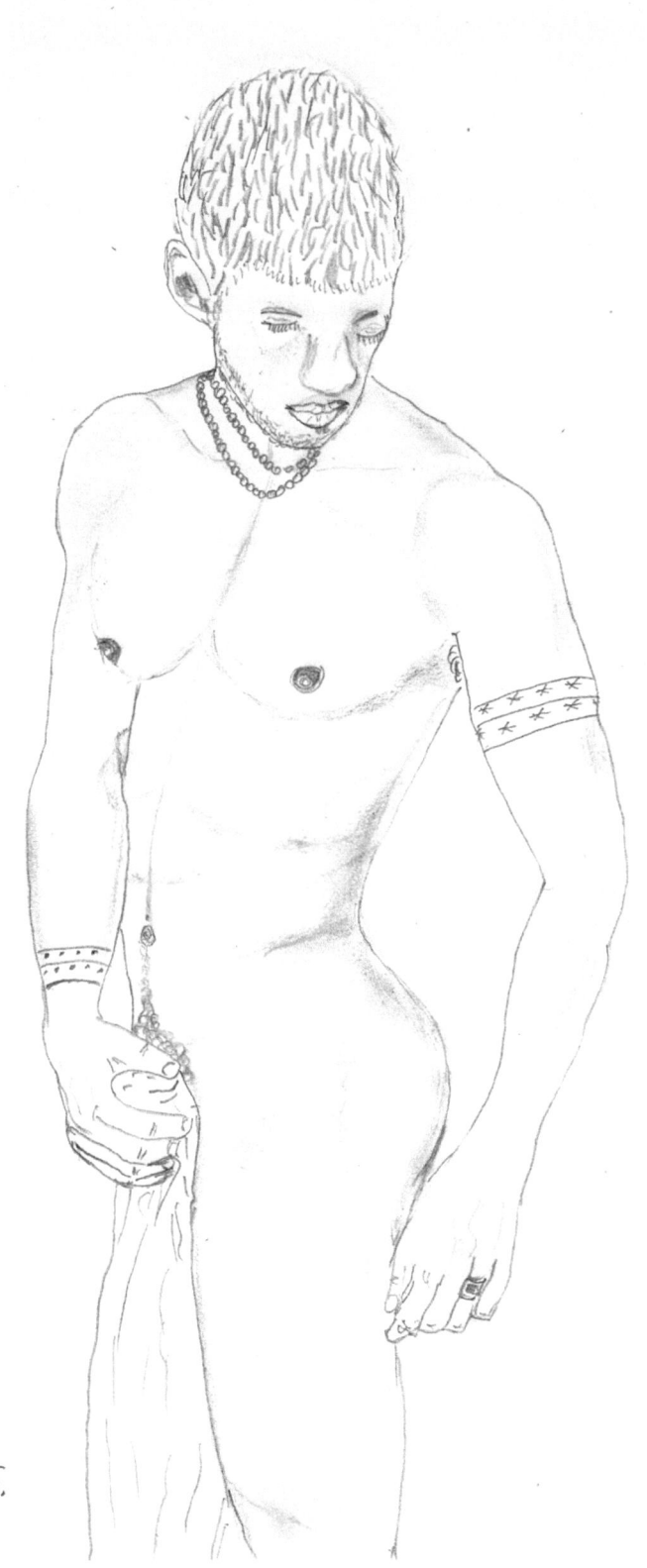

N. F.

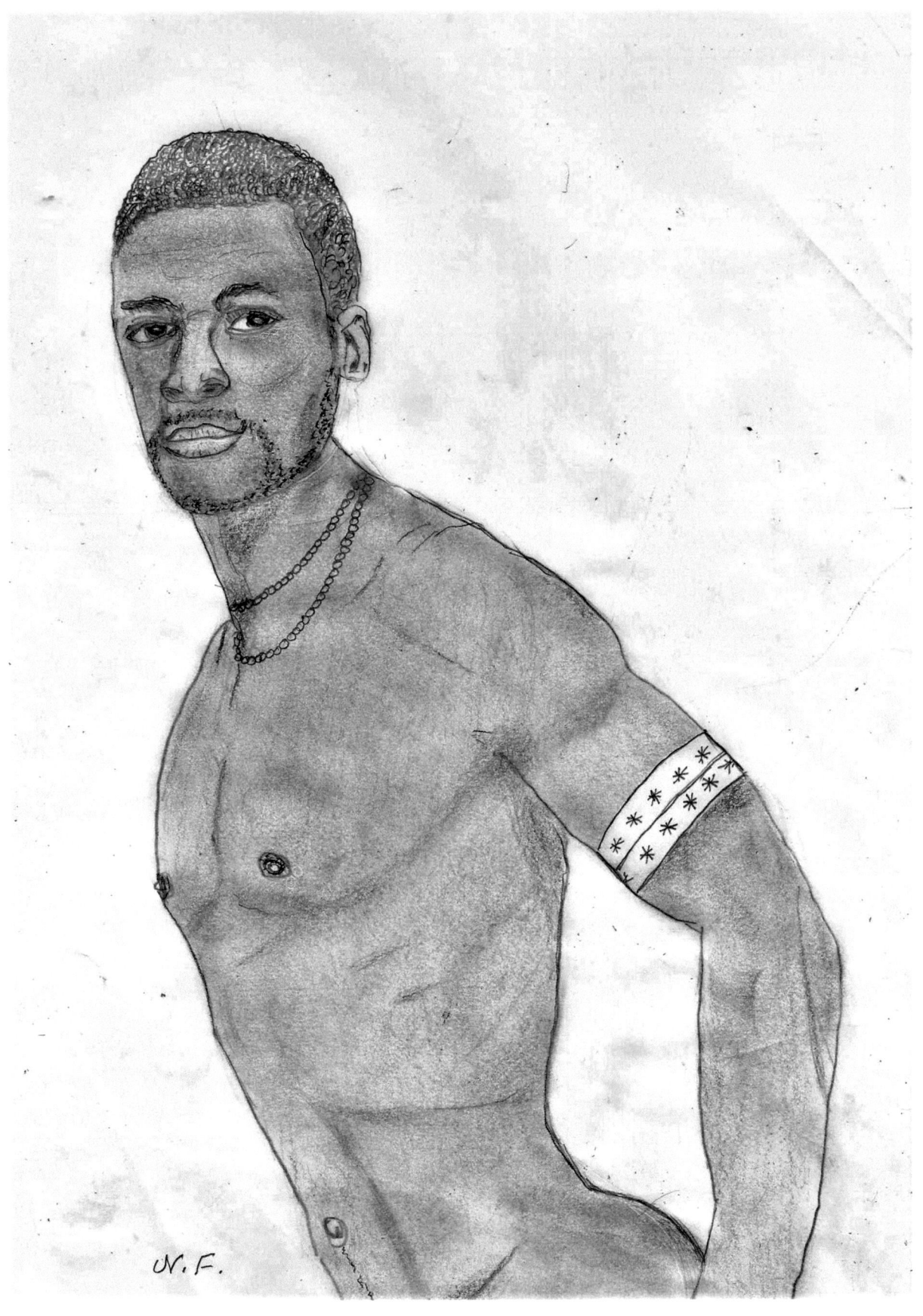

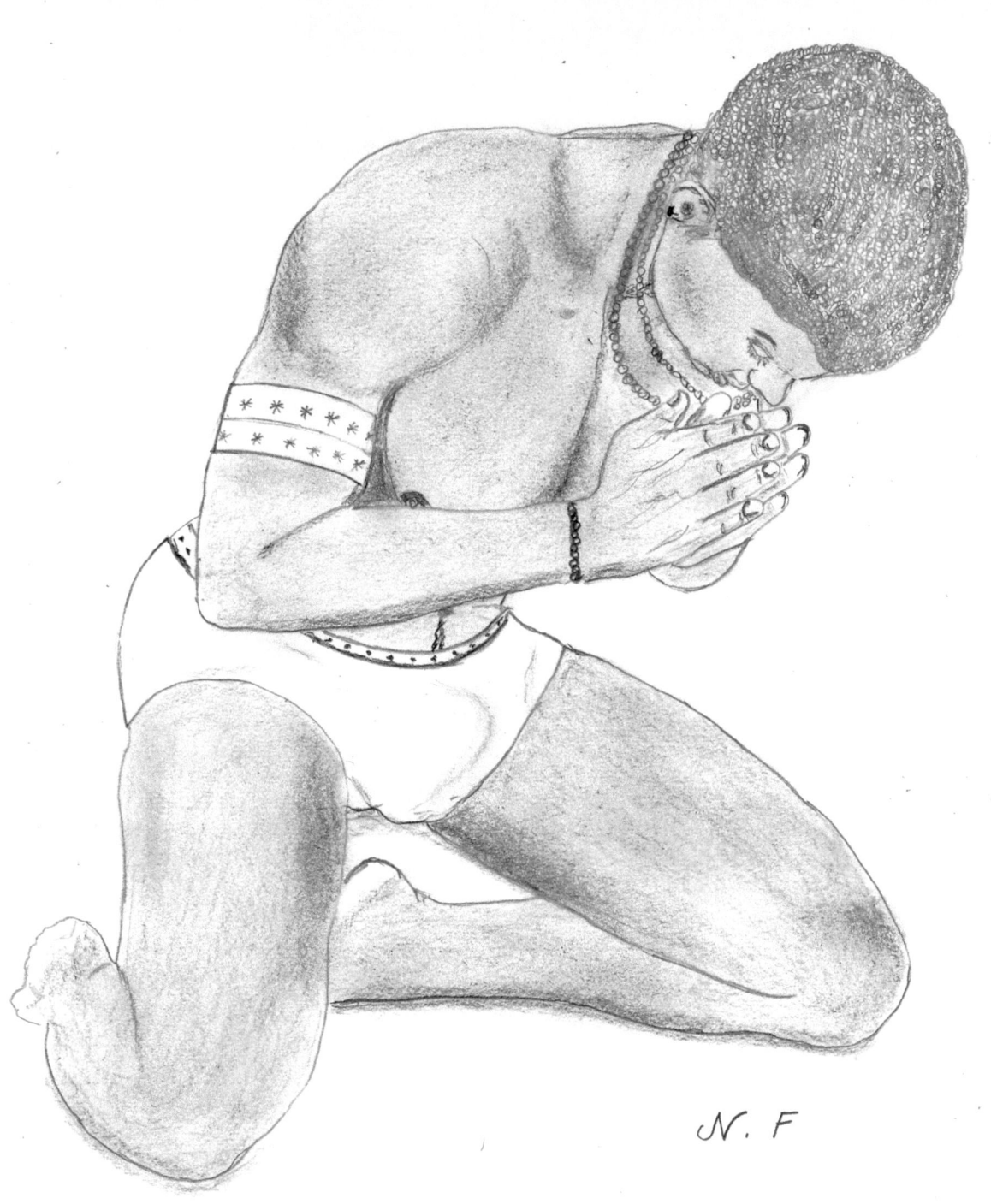

Die besondere Buchempfehlung

"Der SEX- Code". Die Evolution der Lust.

Ein Buch dem so langsam alle kommerziellen Werbemöglichkeiten versagt werden.
Zu brisant sind die Wahrheiten darin und zu mächtig die, die sie nicht hören oder verstehen wollen. Eigentlich unverständlich in unserer heutigen aufgeklärten Zeit. Aber wenn es um Sex geht, so ist die Gesellschaft und viele Menschen noch mit falschen aufgezwungenen „Moralvorstellungen" behaftet. Das war die meiste Zeit in unserer Entwicklung nicht so. Falsche Moralvorstellungen über Sex beeinflussen unser gesamtes Denken und Fühlen. Dieses Buch zeigt den Weg daraus. Noch ist es in jeder Buchhandlung erhältlich.

Dieses Buch eröffnet uns eine neue Sichtweise für ein sexuell und sozial erfülltes Leben. Die Zeit ist reif dafür. Aufklärung und Ratgeber für Jung und Alt.

Lesen Sie die Rezensionen von Lesern bei Amazon. So etwas kann man sich nicht ausdenken. Die sind echt.
https://amzn.to/2GfpBT7

Begleiten Sie Dr. Lutz Knoche auf einer Reise durch die Geschichte der Menschheit und betrachten Sie mit ihm zusammen die Evolution der Lust. Blicken Sie „hinter die Kulissen" der menschlichen Psyche: Welche Auswirkungen haben die Dogmen der Kirche auf unser Leben, auch wenn wir nicht gläubig sind?

In diesem Buch geht es nicht mehr nur um die freie Entfaltung bei der schönsten Sache der Welt oder um sexuelle Vielfalt, sondern vielmehr darum, dass sie ein ausschlaggebender Teil dafür war, damit sich der Mensch gegenüber anderen Gattungen durchsetzen konnte. Und auch heute noch diese Rolle spielt.
Sie ist also die Normalität, die wieder im gesellschaftlichen Leben integriert werden soll, und nicht nur toleriert. Das erfordert ein Umdenken. Zum einem bei der sexuellen Erfüllung und zum anderen im sozialen Zusammensein. Im Buch werden auch dazu viele Lösungsansätze und Ratschläge gegeben.

Neuerscheinungen von Noah Fakier

…Plötzlich leuchteten Namiks Augen: „Wenn du Samir bist, dann hast du ja selbst viele Erfahrungen in der Liebe mit Männern." „Oh ja", antwortete ich. „Und du? Hast du schon welche?" Er schaute etwas traurig. „Nein, ich habe überhaupt noch keine." Aus Spaß sagte ich: „Wenn du Lust hast, dann unterrichte ich dich darin." Worauf er sofort entgegnete: „Ja, das wäre herrlich." Ich war kurz erstaunt, denn damit hatte ich nicht so schnell, wenn überhaupt, gerechnet. Aber ich freute mich gleich danach, diesen hübschen, noch völlig unerfahrenen Jüngling, in der Liebe unterrichten zu können. Da er schon ganz aufgeregt auf seinem Stuhl hin und her rutschte und mich mit erwartungsvollen Blicken ansah, sagte ich: „Gut, dann fangen wir gleich damit an." Namik nickte heftig und ich sah, wie sich unter dem Kaftan sein Glied schon langsam aufrichtete. Deshalb begaben wir uns schnell ins Haus, um mit dem Unterricht an zu fangen….

Noah Fakier

Die geheimen Geschichten aus 1001 Nacht

Teil I

Mit 16 Zeichnungen vom Autor

Erhältlich in allen Buchläden: ISDN 97383744809092

Bei Amazon: https://www.amazon.de/dp/3744809099/